SOUVENIRS

D'UN AVEUGLE.

IMPRIMERIE DE FIRMIN DIDOT,
RUE JACOB, N° 24.

SOUVENIRS

D'UN AVEUGLE.

Par A. Blancheton.

L'Illusion et la Patrie.

Prix : 1 franc.

A PARIS.

CHEZ LADVOCAT, QUAI VOLTAIRE.

MDCCC XXVII.

L'ILLUSION.

Doux prestige des sens, déité mensongère,
Accours, Illusion! ta lueur passagère
Comme ces feux trompeurs, errants sur les tombeaux,
Offre à mes yeux éteints de magiques tableaux;
Fait luire à ma pensée une riante image,
Ainsi qu'on voit l'éclair briller pendant l'orage:
Dans le dédale obscur où s'égarent mes pas,
Et dont la sombre horreur est égale au trépas:
Viens charmer, s'il se peut, ma pénible carrière,
Et du sein de la nuit fais jaillir la lumière!
Que j'admire, aux reflets de ton divin flambeau,
Ce que l'art enfanta de sublime et de beau,
De la grande cité les jardins, les portiques,
Et ses temples rivaux des monuments antiques;
Ces palais somptueux, la demeure des Rois,
Où CHARLES règne en père et fait régner nos lois:
Ces marbres animés, ces créations de l'homme

Ces merveilleux débris de la Grèce et de Rome,
Ah! tu combles mes vœux; il s'offre à mes regards
Ce Louvre devenu le temple des beaux-arts.

Tu m'apparais aussi, ravissante peinture!
Je me plais à tes jeux: montre-moi la nature,
Tantôt simple et naïve, à l'air timide et doux;
Tantôt noble et terrible exhalant son courroux:
Sœur de l'Illusion, pour elle je t'implore;
Prête-lui tes pinceaux, et je peux vivre encore!
J'oublîrai mon malheur: que sont tous mes revers
Près des solennités de l'immense univers?

Cet Océan d'azur où se meuvent les mondes,
Ces vastes continents, et l'empire des ondes,
La zone aux cieux brûlants, et les riants climats
Où l'amoureux zéphyr chasse au loin les frimas.
Je les vois ces beaux lieux, où puisant son délire,
Virgile s'enivrait aux accords de sa lyre:
Les Alpes, leurs glaciers et leurs sommets blanchis,
Où tous les feux du jour sont en vain réfléchis;
La majesté du fleuve, et les eaux vagabondes

Du torrent bondissant dans les gorges profondes;
Le pâtre et son troupeau, la tour du vieux manoir,
Ses crénaux éclairés des feux mourants du soir,
Et la plaine dorée où l'épi se balance,
M'apparaissent encor dans l'ombre et le silence.

Mais déja tout s'efface, et le charme est détruit;
Tout se perd à mes yeux dans la profonde nuit;
Cependant une voix a frappé mon oreille :
Amitié, tu parais! et ma douleur sommeille;
Que ton langage est pur, qu'il est noble et touchant!
Tes plaisirs sont les seuls inconnus au méchant.
Viens, enchante ma vie et prolonge mon rêve;
Que, bercé de ta main, doucement je l'achève :
Sur cette mer sans bords où je vogue incertain,
Par elle je te brave, implacable destin :
Elle offre à mon malheur une heureuse allégeance,
Me donne pour soutien l'ancre de l'espérance :
Qui vient livrer mon ame à de nouveaux transports?
Ah! je la reconnais à ses divins accords!
C'est elle, je l'entends, oui, c'est la Mélodie;
Elle m'invite encore au banquet de la vie;

Écoutez, écoutez, c'est la tendre Sapho
Qui, de sa voix plaintive a fait gémir Écho,
Comme un souffle d'Éole expirant sur la plage,
Du bouleau solitaire agite le feuillage :
C'est un Barde inspiré dont les mâles accents,
Vont au loin dans la plaine emportés par les vents,
Il chante les combats, l'amour et l'hyménée,
Et des enfants d'Odin la noble destinée ;
Diane appelle à ses jeux l'intrépide chasseur ;
Le cerf aux pieds légers fuit la meute en fureur ;
Tyrtée a pris sa lyre, et ses strophes guerrières
Ont porté l'épouvante aux rives étrangères ;
Il a dit : et déja la mort est dans les rangs ;
Entendez ces clameurs et les cris des mourants ;
On proclame un héros ! le triomphe s'apprête,
Devant le Roi des Rois l'homme incline sa tête,
O Mozart ! ô Grétry ! dignes fils d'Apollon,
Votre lyre enchantée exalte ma raison,
Mon ame s'agrandit et cherche une autre sphère,
La foudre est à mes pieds, oui, j'ai quitté la terre :
Mes regards étonnés ont contemplé les cieux,
Et je bois à la coupe où s'enivrent les Dieux !

Euterpe et Polymnie au sommet du Parnasse
Ont dirigé mon vol; je reconnais la Thrace,
Et ces lieux fortunés où règnent les Neuf Sœurs,
Où croissent des lauriers, des palmes et des fleurs :
Les airs ont retenti des chants du vieil Homère,
Virgile resplendit de gloire et de lumière !
Le Tasse est près de lui, racontant ses malheurs;
Ovide, en l'écoutant, laisse échapper des pleurs.
Le front ceint de lauriers, je reconnais Horace,
Du fougueux Juvénal applaudissant l'audace :
Là, Milton vers les cieux prend un nouvel essor,
Et le Dante à l'enfer ose rêver encor :
Pétrarque songe à Laure; égaré par sa muse,
Le poëte confond l'Hippocrène et Vaucluse.
Non loin, c'est La Fontaine au vers doux et naïf,
Allant à l'aventure, et rêveur et pensif;
Delille, amant heureux de la simple nature,
Belle, sans les apprêts d'une vaine parure;
Millevoye et Gilbert, ces victimes du sort,
Qui moissonnaient des fleurs sous la faux de la mort;
Ainsi que toi, Byron, radieux météore!
Dont le brillant éclat pâlit dès son aurore !

Salut! mânes sacrés, je vous dois mes plaisirs ;

Vous soulagez mon cœur du poids des souvenirs.

De l'heure aux pas comptés la marche régulière

Me semble alors moins lente à fournir sa carrière,

Par vous, l'Illusion, prodigue de faveurs,

Du prisme, a reproduit les brillantes couleurs :

Mais un Dieu m'apparaît, j'entends vibrer sa lyre :

Elle a plongé mes sens dans un heureux délire ;

C'est le fils de Latone, oui, c'est le dieu du jour,

Embrasant de ses feux le génie et l'amour !

Du monde intelligent c'est l'arbitre suprême,

A mes regards épris offrant tout ce que j'aime :

Auguste, déployant la vertu des grands cœurs,

Pardonnant à Cinna, ses ingrates fureurs ;

De Joad inspiré, l'éloquente prière,

Et d'Achille en courroux, l'ame énergique et fière,

C'est Œdipe écrasé sous les coups du destin,

Le grand César, tombant sous un fer assassin.

C'est ainsi, que charmant la douleur qui m'oppresse,

Changeant des jours de deuil en des jours d'allégresse,

Et de ma longue nuit, me déguisant l'horreur,

Le génie à mes sens révèle sa grandeur!

Je le vois dominant sur la scène du monde;

Alors que tout finit, il surgit, il féconde,

Marche de siècle en siècle, et dans l'immensité,

Paraît, comme un rayon de la Divinité:

Je le vois, saisissant le burin de l'histoire,

Et gravant sur l'airain les fastes de la gloire;

Commander aux humains, leur imposer ses lois;

Et plus haut que le trône élever les grands Rois :

Il est le feu sacré d'où jaillit l'étincelle

Qui créa de Newton l'auréole immortelle;

Il inspirait Socrate, il animait Platon,

Descartes, et Lebnitz, Pascal et Fénélon;

Des cieux, tous admirant la pompe et l'harmonie,

Ont proclamé d'un Dieu la puissance infinie!

C'est à vous que ma Muse a consacré ces vers,

A vous! dont le génie éclaira l'univers;

Sur vos fronts radieux j'ai vu briller sa flamme,

Et son rayon divin a pénétré mon ame:

Pour mes regards alors il est un horizon,

Tout est beau, tout est grand, tout parle à ma raison.

Et toi, ma déité, toi la reine des songes,
Aimable Illusion, par tes heureux mensonges
Viens couronner mes vœux, épuise ton trésor,
Et sur mon avenir étends tes réseaux d'or ;
Chasse au loin les regrets, la douleur insensée,
Dans ta rapide course entraîne ma pensée.
Fille du souvenir ! ce sont là tes bienfaits.
Il en est un plus doux, et pour moi plein d'attraits :
Ah ! déchirez ce voile et ces épais nuages,
Paraissez, montrez-vous, séduisantes images !
Restez, ne fuyez pas, je rêve le bonheur ;
Je revois des amis pleurant sur mon malheur :
Mes enfants, mon Adèle, ô mon bien ! ô ma vie !
Je peux vous contempler, et mon ame est ravie.

LA PATRIE.

O Limagne (1) enchantée! Auvergne, ô ma patrie!
J'espérais te revoir au déclin de ma vie;
Mais le flambeau du jour se dérobe à mes yeux,
Que peuvent mes regrets et d'inutiles vœux?
Peut-être pour jamais j'ai perdu la lumière,
Pour jamais elle a fui mon humide paupière;
Cependant quelquefois, dans la profonde nuit,
L'Auvergne m'apparaît, son image me suit;
Oui, je la reconnais cette plaine fertile,
Où je devais un jour me choisir un asile;
Je revois les monts d'Or (2), et ces muets volcans (3),
Qui jadis vomissaient la lave en flots brûlants;
Je foule aux pieds ta cendre, effroyable cratère
Dont la tonnante voix épouvanta la terre:
J'erre encor sur tes flancs, Puy-de-Dôme orgueilleux (4),
Dont le hardi sommet ose braver les cieux.
Des siècles écoulés ces témoins immobiles

Ont vu tes jours de gloire, et vu tomber tes villes.

Arverne (5), ô mon pays! conquête de César,

Qui long-temps de son aigle affrontas le regard;

On cherche, mais en vain, sur tes vastes collines,

De tes vieilles cités les murs et les ruines;

Le temps a tout frappé de sa terrible faux :

De tes guerriers, parfois, découvrant les tombeaux,

Le laboureur surpris s'arrête, et l'ame émue,

Détourne avec respect le soc de sa charrue.

La vigne tortueuse et le seigle ondoyant

Croissent aux mêmes lieux où, fier et triomphant,

Le Gaulois vit tomber, au pied de ses murailles,

Des milliers de Romains vainqueurs en cent batailles.

L'antique Gergovie (6), Augusto-Nemetum (7),

Et son temple fameux (8), digne du Latium;

Et ce dieu des Gaulois, l'œuvre de Zénodore (9),

Où sont-ils? où peut-on les admirer encore?

De ces grandeurs, hélas! il n'est qu'un souvenir,

Faible écho, dont la voix se perd dans l'avenir;

C'est la tradition à la vue incertaine,

Marchant la lampe en main, et se guidant à peine;

Compagne du mensonge, et fille de la nuit,

Dès que le jour approche, elle s'échappe et fuit,
Laisse, en s'évaporant comme une ombre légère,
L'empreinte de ses pas, pour étonner la terre :
Tels on voit ces lambeaux des monuments écrits,
Des états écroulés attestant les débris.

Veuve de tant de gloire, Arverne, où sont les traces
Du courage indompté qui signala tes races?
Qu'êtes-vous devenus, intrépides Gaulois?
Alors que l'étranger vous imposa ses lois,
Peuples dégénérés, où donc étaient vos lares?
Je vous vois fléchissant sous le joug des Barbares,
Effroyables torrents, que vomissait le Nord,
Entraînant après eux le désastre et la mort :
Leurs flots impétueux ont envahi l'empire;
Le géant est sans force, et son pouvoir expire.
L'héritier des Césars, déchu de sa grandeur,
De sa pourpre avilie a paré son vainqueur;
Et bientôt du vrai Dieu la loi douce, ineffable,
Ralliant à la Croix le Sicambre indomptable,
Les Francs ont ébranlé le colosse Romain,
Et le sceptre du monde est tombé de sa main :

Semblable à ce vaisseau, mutilé par l'orage,

Et qui touche à l'écueil, où l'attend le naufrage,

Rome promet en vain son inutile appui ;

C'en est fait de sa gloire, et ses aigles ont fui !

Le Capitole enfin, ce maître de la terre,

Ne la fait plus trembler au bruit de son tonnerre.

Sous les yeux fascinés d'un César impuissant,

Fantôme couronné sur le trône gisant,

Clovis fonde un empire, et notre belle France

Lève un front radieux où brille l'espérance.

Tu renais avec elle, Arverne, et tes enfants,

Sous l'antique Oriflamme ont marché triomphants ;

Pour nos rois, la patrie, et le Dieu qu'elle adore,

Ils ont déja su vaincre et sauront vaincre encore !

Trois fois la vieille Europe honorant nos drapeaux,

Les aura vus flotter, vainqueurs et sans rivaux.

Qui vous rendit si grands et si dignes d'envie ?

Français, vous le savez, l'amour de la patrie !

Seul il fait des héros, il enfante l'honneur ;

C'est le feu qui dévore et consume un grand cœur ;

Il embrasa le vôtre, ô fils de nos montagnes !
Et des sites heureux de nos belles campagnes.
Daumat, Destaings, Desaix, noble et grand l'Hôpital,
Delille, Debelloy, Thomas, profond Pascal,
Illustres dans les camps, ou fameux dans l'école,
Soyez de mon pays l'éclatante auréole ;
La gloire et le génie ont signalé vos pas,
Et brillent sur vos fronts au-delà du trépas.

Ainsi, de notre histoire interrogeant les pages,
Ma pensée avec elle a parcouru les âges :
J'ai vu l'antique Arverne aux enfants belliqueux,
A la fière Ilion demandant leurs aïeux ;
Et les sombres forêts où le fer d'un Druide
Consacrait par le sang un pouvoir homicide ;
Des Romains asservis, et ces nouveaux Titans
Rentrés dans la poussière et battus des autans.
Loin de moi ces tableaux et ces grandes images :
Auvergne, offre à mes yeux tes riants paysages,
Le beau climat, les champs où je puisai le jour,
Où mon cœur prit essor et s'ouvrit à l'amour.
Il me souvient, Royat, de tes roches fleuries,

Et des flots argentés qui baignent tes prairies ;

Ta grotte m'apparaît (10); ses jaillissantes eaux

Font briller à mes yeux leurs mobiles cristaux.

J'ai souvent, sur tes monts dépouillés de verdure,

Rêvé près du cratère où médita Saüssure (11);

Mais de ses feux éteints les vestiges épars,

De leurs sombres couleurs affligeant mes regards,

Je quittais du volcan la cime désolée,

Et dirigeant mes pas au sein de ta vallée,

A ma jeune raison donnant un libre cours,

Je songeais à Linnée, aux fleurs, à leurs amours,

Au monde, à la nature, à tous ces grands mystères,

Aux sauvages beautés de ces lieux solitaires.

J'aimais jusqu'au fracas de tes bruyants ruisseaux,

Sur un lit de rochers précipitant leurs eaux ;

L'aune ombrage leur cours, et sur la rive humide,

L'orgueilleux peuplier s'élève en pyramide :

Il règne dans les airs, il affronte les vents,

Mais son pied touche au sol; miné par les torrents.

Là, sur de verts tapis, la blanche paquerette

De ses réseaux neigeux couvre la violette;

Et non loin de ces lieux où je crois être encor,

J'ai vu se balancer la plante aux verges d'or,

L'Enula, dont la tige à la frèle corolle,

Est humblement soumise aux caprices d'Éole,

Et la reine des prés, l'oracle des amants,

Qu'on interroge plus alors qu'on a vingt ans :

Age heureux et prospère, aimable adolescence,

De tes plaisirs long-temps j'aurai la souvenance ;

A de si doux pensers d'autres viendront s'unir ;

Du passé, ma mémoire a doté l'avenir !

NOTES.

N° 1. LIMAGNE.

Belle et vaste plaine, située dans la basse Auvergne, et de l'aspect le plus varié : bornée à l'est par la chaîne des montagnes du Forez, à l'ouest par celle du Puy-de-Dôme et le groupe des monts d'Or. Sa surface s'étend du nord au midi, et comprend un espace de quinze à dix-huit lieues : elle se compose de plusieurs bassins, traversés dans leur longueur par la rivière d'Allier. De vastes plateaux de roches calcaires, adossés par l'une de leurs extrémités aux montagnes voisines, s'avancent majestueusement dans la plaine : leurs flancs chargés de vignes, les produits variés que la nature s'est plu à réunir dans les nombreuses vallées qu'ils forment, donnent à cette partie de l'Auvergne une physionomie particulière, qui la distingue essentiellement des autres contrées de la France.

N° 2. MONTS D'OR.

Les monts d'Or forment un groupe de montagnes, dont les cimes neigeuses s'élèvent majestueusement à l'extrémité de la chaîne du Puy-de-Dôme. Le pic de Sanci, la montagne du Capucin, en sont les points les plus élevés ; ces montagnes offrent de toutes parts des produits volcaniques ; plus de trois mille espèces de plantes y ont été reconnues et décrites par divers naturalistes. Dans l'une des vallées des monts d'Or se trouvent les eaux thermales, dont la réputation depuis quelques années devient européenne : au temps des Romains, elles durent avoir la même vogue. On a retrouvé non-seulement les ruines de ce premier monument, mais encore celles d'un édifice, dont la structure semblerait appartenir au moyen âge (1).

(1) Voir, pour de plus amples détails, l'intéressant ouvrage du docteur Bertrand, sur les eaux du Mont-d'Or.

N° 3. MUETS VOLCANS, etc.

La chaîne entière du Puy-de-Dôme, celle des monts d'Or, le Cantal, offrent à chaque pas des traces évidentes de ces grandes perturbations, dont le souvenir se perd dans la nuit des temps, mais dont les preuves incontestables ne laissent aucun doute sur l'existence des nombreux volcans, qui jadis ont bouleversé cette partie du continent européen : d'immenses coulées de lave, de nombreux cratères environnés de cendres et de scories, des produits volcaniques sous toutes les formes et de toute nature, des ponces, des brèches, des prismes et des Bazaltes, en sont les preuves incontestables. L'Auvergne est de toutes les provinces de France celle qui est la plus digne de l'attention des naturalistes.

N° 4. PUY-DE-DOME.

Cette montagne, la plus élevée de la chaîne qui porte son nom (832 toises au-dessus du niveau de la mer), a la forme d'un immense cône tronqué, dont la large base porte sur une plaine, située au-dessus des monts granitiques qui se prolongent dans la direction du nord au sud, et vont se confondre avec le groupe des monts d'Or. Les naturalistes s'accordent à reconnaître dans le Puy-de-Dôme les restes d'un immense volcan. C'est au sommet de cette montagne que Pascal fit exécuter la célèbre expérience qui servit à constater la pression de l'air atmosphérique.

N° 5. ARVERNE.

Les peuples Arvernes composaient l'une des tribus gauloises les plus belliqueuses. Les Commentaires de César attestent et leur valeur et la courageuse résistance qu'ils opposèrent à la conquête : Vercingentorix, leur roi, ne succomba qu'après avoir long-temps disputé la victoire. Ils étendaient leur domination, des rives de la Loire jusqu'aux Pyrénées. L'histoire a conservé quelques traditions de leur ancienne prospérité : Bytuitus, l'un de leurs rois, se rendit fameux par sa fastueuse prodigalité; ils favorisèrent l'établissement de la colonie phocéenne de Marseille, et se croyaient eux-mêmes descendants des Troyens : Lucain dans sa Pharsale leur conteste cette noble origine.

N° 6. GERGOVIE *(Gergovia.)*

Ancienne capitale des Arvernes; on n'est pas d'accord sur le lieu qu'occupait cette grande cité : cependant un immense plateau calcaire, situé à deux lieues au sud de Clermont, a conservé ce nom. Les détails topographiques indiqués par Jules César, s'appliquent assez exactement à ce lieu; les noms de Romania, Aubières, Clemençat, Cornon (*cur non*)? villages situés dans les environs de cette montagne, portant tous des noms dérivés du latin, justifient l'opinion vulgaire, qui veut que l'ancienne Gergovia ait existé sur le sommet de cette montagne qu'ils avoisinent. Cependant les fouilles qui y ont été faites ont donné peu de résultat, et tout porterait à croire que ce lieu fut plutôt un camp retranché, un point de défense en temps de guerre, que l'antique Gergovia.

N° 7. AUGUSTO-NEMETUM.

Tel était le nom de la capitale des Arvernes, sous la domination romaine; cette ville située non loin du Puy-de-Dôme, au pied des montagnes qui lui servent de base, et bâtie sur une éminence qui domine la Limagne, a dû probablement cette dénomination latine aux forêts dont elle était alors entourée. Sous le règne d'Auguste, époque où elle atteignit un haut degré de prospérité par les bienfaits de cet empereur, le nom de ce prince fut ajouté au sien; faveur qui fut accordée à plusieurs autres cités gauloises. Augusto-Nemetum, sous les empereurs, devint très-florissant ; ses magistrats avaient le titre de citoyens romains ; il se divisait alors en deux parties distinctes : la ville et la cité. Cette dernière, désignée sous le nom de Mons Clarus, dominait l'autre partie qui s'étendait dans la plaine. Un sénat, des écoles publiques, des monuments remarquables, ajoutaient à sa splendeur ; et le nom d'Augusto-Numetum, si l'on en croit Grégoire de Tours, lui a été conservé jusqu'au septième siècle ; mais les fréquentes irruptions du Nord, les Visigoths, les Bourguignons, les Francs, l'ayant successivement saccagée, cette ville fut réduite à l'étroite enceinte de Mons Clarus, aujourd'hui Clermont.

Nº 8. TEMPLE FAMEUX, etc.

Grégoire de Tours fait une description pompeuse d'un temple qui existait sous le nom de Vasso-Galate : ce vaste monument, remarquable par sa double enceinte et par la richesse de ses ornements, n'offrait plus que des ruines au temps où Grégoire écrivait. De nos jours il n'en reste aucun vestige, et l'on est incertain sur le lieu où s'élevait cet imposant édifice.

Nº 9. ZÉNODORE.

Pline rapporte que, sous le règne de Néron, Zénodore, célèbre sculpteur, fut chargé d'exécuter en bronze une statue colossale du Mercure des Gaulois dans la capitale des Arvernes : elle coûta quatre cent mille sesterces ; et, s'il faut l'en croire, ses proportions colossales surpassaient tout ce que l'art avait produit en ce genre. Sa hauteur était de trois cent soixante-six pieds, deux pouces ; l'imagination se rend difficilement à de pareils prodiges. M. de Caylus n'admet pas comme probable que ce colosse ait été coulé en bronze, mais bien composé de parties rapportées. Cette entreprise eut lieu sous les auspices du sénateur Vibius Avitus. Zénodore consacra dix années à l'exécution de ce chef-d'œuvre. Il s'acquit une telle réputation dans la

Grèce, que Néron lui confia l'exécution de sa propre statue, la même qui, depuis fut mutilée par le peuple, et à laquelle Vespasien fit enlever la tête, pour y substituer celle d'Apollon.

N° 10. TA GROTTE M'APPARAIT, etc.

Cette grotte, que plusieurs poètes ont célébrée est une profonde excavation, formée par la coulée de laves au-dessus de laquelle est bâti le village de Royat; elle est surtout remarquable par l'abondance des sources, qui, de toutes parts, y jaillissent avec une force extraordinaire. Au reste, cette même coulée, qui se prolonge au loin dans la plaine, forme en d'autres lieux, de semblables excavations; quelques-unes sont d'une vaste étendue, mais sont rendues inabordables par la présence du gaz acide carbonique: c'est le même phénomène observé dans la grotte du Chien, près de Naples.

N° 11. SAUSSURE.

Ce célèbre naturaliste visita l'Auvergne, il y a trente ans environ. Le volcan de Gravenaire, qui domine au sud la vallée de Royat, fut pour lui l'objet d'une attention particulière. Il le considérait comme ayant brûlé à une époque beaucoup plus récente que les autres volcans qu'il observa, dans ces contrées.

www.ingramcontent.com/pod-product-compliance
Lightning Source LLC
Chambersburg PA
CBHW061832060726
47597CB00008B/3466